# Horace

FichesdeLecture.com

# *Horace*
# (Fiche de lecture)

## I. INTRODUCTION

### L'auteur

Pierre Corneille est né en 1684 et mort en 1684. Il entame en 1624 une carrière d'avocat à Rouen. En 1629, un chagrin amoureux le conduit à écrire ses premiers vers, puis sa première comédie, « Mélite ». Avec les pièces qui suivront : « Clitandre », « la Veuve », « la Galerie du Palais », « la Suivante », « la Place Royale », « Médée » et « l'Illusion comique », apparaît un nouveau style de théâtre où les sentiments tragiques sont mis en scène pour la première fois dans un univers plausible, celui de la société contemporaine.

Corneille, auteur officiel nommé par Richelieu, rompt avec ce statut de poète du régime et avec la politique contestée du cardinal, pour écrire des pièces exaltant la haute noblesse comme « Le Cid ». En 1647, il est élu à l'Académie française au fauteuil 14 qu'occupera son frère et collaborateur occasionnel Thomas après sa mort.

### L'œuvre

« Horace » est une tragédie en cinq actes écrite en vers. La dédicace est adressée à Richelieu. Cette pièce a vu le jour au théâtre de l'hôtel de Bourgogne en 1640.

Quelques années après « le Cid », Corneille souhaite s'illustrer dans le genre noble de la tragédie. Abandonnant la mythologie (*Médée*, 1635) au profit des tragédies historiques et politiques, il s'intéresse à la naissance de la cité de Rome et se base notamment sur les écrits de l'auteur latin Tite-Live. La pièce a connu un certain succès.

# II. RÉSUMÉ DE LA PIÈCE

## Acte I

Une guerre oppose deux cités voisines : Albe et Rome. Sabine est albaine et épouse du Romain Horace. Quant à Camille, sœur d'Horace, elle est la femme de l'Albain Curiace, l'un des trois frères de Sabine. Sabine et Camille déplorent la querelle entre les deux états, celle-ci menaçant le bonheur de leur famille unie par le mariage, l'amitié et l'amour. Cependant, il reste encore un espoir d'éviter un massacre. Trois guerriers seront désignés dans chacun des deux camps et devront s'affronter. Ainsi, le vainqueur amènera la fin des hostilités et le triomphe de l'une ou l'autre ville sur l'autre.

## Acte II

Au comble de l'infortune, les trois champions romains choisis par Rome se révèlent être Horace et ses deux frères. Du côté albain, c'est Curiace et ses deux frères respectifs qui sont désignés. Face à une telle nouvelle, Curiace, plus à l'écoute de ses sentiments et Horace, pour sa part beaucoup plus orgueilleux, ne souhaitent pas faillir à leur devoir patriotique. Camille essaye de les dissuader, mais échoue. Sabine, elle, propose de se suicider, mais les deux hommes l'en empêchent. Bien que les pleurs de leurs épouses les attristent, ils sont bientôt ramenés à la raison par le vieil Horace. Celui-ci presse son fils et son beau-fils de partir au combat.

## Acte III

Un second espoir se fait jour : les deux armées estimant intolérable qu'un tel affrontement puisse avoir lieu entre les membres d'une même famille, demandent à ce que d'autres combattants soient choisis. Malheureusement, les augures ayant été consultées, la volonté des dieux est sans équivoque : les Horaces et les Curiaces devront se battre. Quelques temps plus tard, Julie, la confidente de Sabine et de Camille, vient annoncer qu'Albe semble être victorieuse. Deux des trois Horaces sont morts ; le troisième ayant pris la fuite face à ses trois adversaires blessés. Le vieil Horace est tout simplement outré par la lâcheté de son fils et souhaite le punir.

## Acte IV

On assiste alors à un renversement de situation : Valère, chevalier romain, épris de Camille, apprend à tous que la fuite d'Horace n'était autre qu'une ruse pour séparer les Curiaces, trop forts à eux trois pour lui seul. Il parvient ainsi à les vaincre. Camille, désespérée, ne peut s'empêcher d'en vouloir à son frère. Elle ne veut pas le glorifier comme il le lui demande. Offusqué par les paroles blasphématoires de sa sœur et persuadé de la légitimité de son acte, il la tue. Sabine, qui a assisté à la scène, demande à Horace de la tuer, mais il refuse.

## Acte V

Horace, meurtrier fratricide, doit être jugé. Valère plaide avec passion en faveur de sa condamnation. Horace prend ensuite la parole, ne délaissant point son orgueil. Il estime qu'il n'a pas à se défendre. Après l'intervention bienveillante du vieil Horace, le roi Tullus rend son verdict : Horace aura la vie sauve. La gloire du héros prend le pas sur son crime. Le roi Tullus ordonne que Camille et Curiace partagent le même tombeau. Le patriotisme l'emporte sur toute autre considération.

# III. ÉTUDE DES PERSONNAGES

## Horace

Il fait son apparition lors de l'acte II, arrivant après les trois membres du quatuor à savoir Curiace, Sabine et Camille. Figure isolée, il se présente d'emblée comme supérieur à eux et en contradiction avec eux.

Qualifié de « barbare » par Camille, cet être orgueilleux fait passer sa patrie avant ses intérêts personnels. Il est stoïque, capable de prendre ses distances avec ses émotions et ses sentiments et de se sacrifier lui-même pour l'honneur et la gloire. C'est en faisant cet effort sur lui-même qu'il devient insensible, allant jusqu'à rompre ses liens d'amitié, d'amour et de sang avec sa famille. C'est en s'élevant au-delà des souffrances humaines, en se battant pour un idéal supérieur qui n'est autre que l'état, qu'Horace tue son beau-frère et sa propre sœur.

S'il nous semble déplaisant, il est avant tout un héros tragique, pris dans les rouages de la fortune, victime de la fatalité. Son sort n'a finalement rien d'enviable ; reconnu comme héros national, il est cependant condamné à vivre avec ses crimes sur la conscience.

## Curiace

Ce guerrier albain est l'antithèse d'Horace. Il est plus humain que son beau frère, conscient de l'importance de son devoir patriotique.

Bien qu'il se plie à la volonté de sa cité, il ne rompt pas intérieurement avec ses sentiments tels l'amour et l'amitié. Il est vaincu avant même de combattre Horace qui lui se donne entièrement à sa patrie. Son devoir est pour lui un déchirement, une souffrance. Celui-ci fait part de sa détresse. De par sa nature, Curiace ne pouvait pas remporter la victoire.

## Camille

Camille est la sœur d'Horace et l'épouse de Curiace. Face à cette guerre qui oppose son frère et son mari, elle voudrait que l'amour l'emporte sur le devoir et l'honneur.

Son courage et sa volonté d'assumer sa passion pour Curiace l'entraînent dans la mort. Elle défie son frère, prononce des paroles injurieuses envers lui et sa patrie. Camille refuse de se soumettre à la raison d'état. Or son frère qui y est totalement ne peut faire autrement que de la transpercer de son épée.

## Sabine

Sabine, sœur de Curiace, est un personnage inventé par Corneille. Ses interventions plaintives témoignent de son déchirement et bercent la pièce. Ce personnage traduit bien les sentiments contradictoires que ressentent les protagonistes principaux. Tout comme Camille, elle s'oppose à la raison d'état, au fait que le patriotisme prenne le dessus sur l'amour.

## Le vieil Horace

Figure paternelle, à la fois pour Horace et Curiace. À la fin de l'acte II, il ne manque pas de les rappeler à l'ordre et de les prier d'accomplir leur devoir.

Il s'agit d'un homme courageux, pouvant faire preuve d'une grande éloquence et possédant un sens du devoir et de l'honneur. Il est dévoué au roi et à Rome. Au dernier acte, il rappelle qu'Horace est le vainqueur, et que cette qualité, lui donne droit à certaine immunité passagère.

# IV. AXES DE LECTURE

## L'inspiration de Corneille

Les trois Horaces et les trois Curiaces sont des héros légendaires qui, d'après la légende rapportée par Tite-Live, se seraient battus en duel pendant la guerre entre Rome et Albe-la-Longue, durant le règne de Tullus Hostilius (entre 673 et 641 av. J.-C.).

Les deux villes décidèrent d'un commun accord de régler leur conflit en désignant trois champions de chaque côté. Tite-Live considère, que les Horaces étaient les champions de Rome et les Curiaces ceux d'Albe. D'après la légende, les Albains furent les premiers blessés et il ne resta qu'un Romain : Horace. Ce dernier prit la fuite, non pas pour s'échapper, mais pour pouvoir les tuer l'un après l'autre.

À son retour à Rome, il tue sa propre sœur qui pleurait son fiancé, un des trois Curiaces. Condamné à mort, il fut acquitté devant l'Assemblée du Peuple mais dut passer sous le joug, symbole de la soumission à la loi romaine.

## Une tragédie

### *Le respect de la règle des trois unités*

La tragédie classique respecte la règle des trois unités : de lieu, de temps, et d'action. Mais aussi celle de la bienséance, c'est-à-dire, pas de combats ou de sang sur scène, pas de rapprochements intimes. Enfin les personnages sont des rois et des reines.

Dans « Horace », Corneille respecte bien les règles, la pièce se passe à Rome, plus particulièrement dans la maison du Vieil Horace. L'action dure une journée, il s'agit de la guerre Albaino-Romaine, « Horace » se concentre sur le combat des Horaces et des Curiaces.

Concernant, la bienséance, il n'y a aucun combat sur scène, tout ce qui ne peut être montré est raconté. Toutefois, la scène V de l'Acte IV dans laquelle Camille est transpercée par l'épée de son frère, semble difficilement acceptable pour le public. Un tel comportement ne pouvait être montré au théâtre. Ce meurtre de Camille a été reproché à l'auteur, cependant, il n'était pas prévu sur scène, c'est la première actrice qui a souhaité le jouer ainsi.

## La division des actes

La répartition des cinq actes correspond bien à la tragédie. Dans le premier acte sont présentés la situation et les personnages. Au cours du second apparaît l'élément perturbateur : les trois champions romains choisis par Rome se révèlent être Horace et ses deux frères. Du côté albain, c'est Curiace et ses deux frères respectifs qui sont désignés.

Dans le troisième acte, les protagonistes cherchent une solution au drame, les deux armées estimant intolérable qu'un tel affrontement puisse avoir lieu entre les membres d'une même famille, demandent à ce que d'autres combattants soient choisis. Au cours du quatrième acte, l'action se noue définitivement, Horace vainc les Curiaces puis offusqué par les paroles blasphématoires de sa sœur et persuadé de la légitimité de son acte, il la tue. Enfin au cinquième acte, l'action se dénoue, le patriotisme l'emporte sur toute autre considération.

## L'héroïsme tragique

Le héros tragique classique est « marqué par un destin acharné à le perdre, trouve dans le bien comme dans le mal, dans la victoire comme dans la défaite, une énergie hautaine pour préserver son sens de l'honneur ». On retrouve ces caractéristiques chez Horace. Figure isolée, il se présente d'emblée comme supérieur et en contradiction avec les autres personnages.

La finalité du héros réside dans l'honneur et s'obtient par l'action, ce dernier s'accomplit dans l'action. Qualifié de « barbare » par Camille, cet être orgueilleux fait passer sa patrie avant ses intérêts personnels. Il est stoïque, capable de prendre ses distances avec ses émotions et ses sentiments et de se sacrifier lui-même pour l'honneur et la gloire. C'est en faisant cet effort sur lui-même qu'il devient insensible, allant jusqu'à rompre ses liens d'amitié, d'amour et de sang avec sa famille. C'est en s'élevant au-delà des souffrances humaines, en se battant pour un idéal supérieur qui n'est autre que l'état, qu'Horace tue son beau-frère et sa propre sœur. Ce héros tragique est pris dans les rouages de la fortune, victime de la fatalité.

Toutefois, son fratricide l'amène à comparaître devant la loi. Dans l'acte V, il se retrouve donc face à son jugement et à son roi. Horace déclare que seule la mort pourrait conserver sa gloire. Pour le roi Tullus, bien qu'Horace ait enfreint la loi de la nature en poignardant sa sœur, il ne peut être punissable pour son acte ; Horace est au-dessus des lois. Certes, son geste est impardonnable ; mais il s'agit d'un héros national, vivant avant tout pour servir sa patrie.

En acquittant Horace, l'origine sanglante de Rome n'est pas niée, mais masquée sous le couvert d'un don divin accordé à Horace. La raison d'état constitue une valeur primordiale et reste supérieure aux lois morales.

## Le contexte historique et politique de l'époque

L'œuvre est dédiée au Cardinal de Richelieu. En réalité, le roi Tullus est le pendant de Richelieu. Il est celui qui détient le pouvoir absolu et à qui l'on doit obéir. C'est lui qui prend la décision de ne pas condamner Horace et de le consacrer héros de Rome. Son sacrifice patriotique peut en quelque sorte effacer son crime, le plus condamnable qu'il soit.

Suite aux critiques suscitées par sa tragi-comédie « le Cid », Corneille souhaite se racheter auprès de Richelieu en écrivant « Horace ». Il montre qu'il reste soumis au pouvoir royal et propose une tragédie conforme aux règles, dans laquelle la raison prime sur la passion, l'intérêt public sur le privé.

Si Corneille choisit d'écrire sur l'histoire originelle de Rome, la pièce, sous certains aspects, peut être rapprochée de la France de 1640. La raison d'état ou encore le patriotisme, sont des valeurs chères à Louis XIII et au Cardinal de Richelieu.

En parallèle, la guerre fratricide entre Rome et Albe fait échos à celle opposant la France et l'Espagne. Richelieu favorise alors une morale nationale afin de renforcer la monarchie. La France est alors en guerre contre l'Espagne, la reine de France était la sœur du roi d'Espagne, et la reine d'Espagne était la sœur du roi de France.

L'intrigue de la pièce, bien qu'inspirée d'une légende romaine correspond tout à fait au cadre politique défini par Richelieu. Il s'agit de faire passer les intérêts de l'État, avant ses propres intérêts, ou l'amour. La raison d'État au-dessus des lois morales ou divines :

> « C'est aux rois, c'est aux grands, c'est aux esprits bien faits
> À voir la vertu pleine en ses moindres effets.
> C'est d'eux seuls qu'on reçoit la véritable gloire ;
> Eux seuls des vrais héros assurent la mémoire. »

La richesse et la diversité de l'œuvre de Corneille reflètent les valeurs et les grandes interrogations de son époque. Elle a donné naissance à l'adjectif « cornélien » qui dans l'expression « un dilemme cornélien » signifie une opposition irréductible entre deux points de vue, par exemple une option affective ou amoureuse contre une option morale ou religieuse.

# Dans la même collection en numérique

*Les Misérables*
*Le messager d'Athènes*
*Candide*
*L'Etranger*
*Rhinocéros*
*Antigone*
*Le père Goriot*
*La Peste*
*Balzac et la petite tailleuse chinoise*
*Le Roi Arthur*
*L'Avare*
*Pierre et Jean*
*L'Homme qui a séduit le soleil*
*Alcools*
*L'Affaire Caïus*
*La gloire de mon père*
*L'Ordinatueur*
*Le médecin malgré lui*
*La rivière à l'envers - Tomek*
*Le Journal d'Anne Frank*
*Le monde perdu*
*Le royaume de Kensuké*
*Un Sac De Billes*
*Baby-sitter blues*
*Le fantôme de maître Guillemin*
*Trois contes*
*Kamo, l'agence Babel*
*Le Garçon en pyjama rayé*
*Les Contemplations*

*Escadrille 80*
*Inconnu à cette adresse*
*La controverse de Valladolid*
*Les Vilains petits canards*
*Une partie de campagne*
*Cahier d'un retour au pays natal*
*Dora Bruder*
*L'Enfant et la rivière*
*Moderato Cantabile*
*Alice au pays des merveilles*
*Le faucon déniché*
*Une vie*
*Chronique des Indiens Guayaki*
*Je voudrais que quelqu'un m'attende quelque part*
*La nuit de Valognes*
*Œdipe*
*Disparition Programmée*
*Education européenne*
*L'auberge rouge*
*L'Illiade*
*Le voyage de Monsieur Perrichon*
*Lucrèce Borgia*
*Paul et Virginie*
*Ursule Mirouët*
*Discours sur les fondements de l'inégalité*
*L'adversaire*
*La petite Fadette*
*La prochaine fois*
*Le blé en herbe*
*Le Mystère de la Chambre Jaune*
*Les Hauts des Hurlevent*
*Les perses*
*Mondo et autres histoires*
*Vingt mille lieues sous les mers*
*99 francs*
*Arria Marcella*
*Chante Luna*

*Emile, ou de l'éducation*
*Histoires extraordinaires*
*L'homme invisible*
*La bibliothécaire*
*La cicatrice*
*La croix des pauvres*
*La fille du capitaine*
*Le Crime de l'Orient-Express*
*Le Faucon malté*
*Le hussard sur le toit*
*Le Livre dont vous êtes la victime*
*Les cinq écus de Bretagne*
*No pasarán, le jeu*
*Quand j'avais cinq ans je m'ai tué*
*Si tu veux être mon amie*
*Tristan et Iseult*
*Une bouteille dans la mer de Gaza*
*Cent ans de solitude*
*Contes à l'envers*
*Contes et nouvelles en vers*
*Dalva*
*Jean de Florette*
*L'homme qui voulait être heureux*
*L'île mystérieuse*
*La Dame aux camélias*
*La petite sirène*
*La planète des singes*
*La Religieuse*
*1984 A l'Ouest rien de nouveau*
*Aliocha*
*Andromaque*
*Au bonheur des dames*
*Bel ami*
*Bérénice*
*Caligula*
*Cannibale*
*Carmen*

*Chronique d'une mort annoncée*
*Contes des frères Grimm*
*Cyrano de Bergerac*
*Des souris et des hommes*
*Deux ans de vacances*
*Dom Juan*
*Electre*
*En attendant Godot*
*Enfance*
*Eugénie Grandet*
*Fahrenheit 451*
*Fin de partie*
*Frankenstein*
*Gargantua*
*Germinal*
*Hamlet*
*Horace*
*Huis Clos*
*Jacques le fataliste*
*Jane Eyre*
*Knock*
*L'homme qui rit*
*La Bête humaine*
*La Cantatrice Chauve*
*La chartreuse de Parme*
*La cousine Bette*
*La Curée*
*La Farce de Maitre Pathelin*
*La ferme des animaux*
*La guerre de Troie n'aura pas lieu*
*La leçon*
*La Machine Infernale*
*La métamorphose*
*La mort du roi Tsongor*
*La nuit des temps*
*La nuit du renard*
*La Parure*

*Le Monde comme il va*

*Le Parfum*

*Le Passeur*

*Le Petit Prince*

*Le pianiste*

*Le Prince*

*Le Roman de la momie*

*Le Roman de Renart*

*Le Rouge et le Noir*

*Le Soleil des Scortas*

*Le Tartuffe*

*Le vieux qui lisait des romans d'amour*

*L'Ecole des Femmes*

*L'Ecume Des Jours*

*Les Bonnes*

*Les Caprices de Marianne*

*Les cerfs-volants de Kaboul*

*Les contes de la Bécasse*

*Les dix petits nègres*

*Les femmes savantes*

*Les fourberies de Scapin*

*Les Justes*

*Les Lettres Persanes*

*Les liaisons dangereuses*

*Les Métamorphoses*

*Les Mouches*

*Les Trois mousquetaires*

*L'étrange cas du Dr Jekyll et de Mr Hyde*

*L'Ile Au Trésor*

*L'île des esclaves*

*L'illusion comique*

*L'Ingénu*

*L'Odyssée*

*L'Ombre du vent*

*Lorenzaccio*

*Madame Bovary*

*Manon Lescaut*

*Micromégas*

*Mon ami Frédéric*

*Mon bel oranger*

*Nana*

*Ne tirez pas sur l'oiseau moqueur*

*Notre-Dame de Paris*

*Oliver twist*

*On ne badine pas avec l'amour*

*Oscar et la dame rose*

*Pantagruel*

*Le Misanthrope*

*Perceval ou le conte du Graal*

*Phèdre*

*Ravage*

*Roméo et Juliette*

*Ruy Blas*

*Sa Majesté des Mouches*

*Si c'est un homme*

*Stupeur et tremblements*

*Supplément au voyage de Bougainville*

*Tanguy*

*Thérèse Desqueyroux*

*Thérèse Raquin*

*Ubu Roi*

*Un Barrage contre le Pacifique*

*Un long dimanche de fiançailles*

*Un secret*

*Vendredi ou la vie sauvage*

*Vipère au poing*

*Voyage au bout de la nuit*

*Voyage au centre de la terre*

*Yvain ou le Chevalier au lion*

*Zadig*

# À propos de la collection

La série FichesdeLecture.com offre des contenus éducatifs aux étudiants et aux professeurs tels que : des résumés, des analyses littéraires, des questionnaires et des commentaires sur la littérature moderne et classique. Nos documents sont prévus comme des compléments à la lecture des oeuvres originales et aide les étudiants à comprendre la littérature.

Fondé en 2001, notre site FichesdeLectures.com s'est développé très rapidement et propose désormais plus de 2500 documents directement téléchargeables en ligne, devenant ainsi le premier site d'analyses littéraires en ligne de langue française.

FichesdeLecture est partenaire du Ministère de l'Education du Luxembourg depuis 2009.

Plus d'informations sur www.fichesdelecture.com

ISBN: 978-2-511-02866-7

Notes :